AF586912

FRAGMENTS

INÉDITS

DE DEUX ROMANS GRECS.

FRAGMENTS

INÉDITS

DE DEUX ROMANS GRECS,

PUBLIÉS

PAR M. PH. LEBAS,

Membre de l'Institut.

(Académie des Inscriptions et Belles-Lettres.)

EXTRAIT DE LA BIBLIOTHÈQUE DE L'ÉCOLE DES CHARTES.
Mai, Juin 1841.

PARIS.

IMPRIMERIE DE SCHNEIDER ET LANGRAND,

RUE D'ERFURTH, 1.

1841.

FRAGMENTS

INÉDITS

DE DEUX ROMANS GRECS.

Dans la nombreuse série des romans grecs publiés jusqu'à ce jour, il en est deux, les plus mauvais et les plus récents de tous, qui ont cela de commun avec les *Amours de Daphnis et Chloé*, par Longus, que les manuscrits d'après lesquels ils ont été publiés présentent plusieurs lacunes assez considérables. Ces romans ou plutôt ces poëmes, car ils sont écrits en vers ïambiques trimètres[1], ont pour titre, l'un *les Amours de Rhodanthe et Dosiclès*, l'autre *les Amours de Drosilla et Chariclès*. L'auteur du premier est le moine Théodore Prodrome, le plus fécond des écrivains grecs du douzième siècle de notre ère; le deuxième est dû à Nicétas Eugenianus, élève et imitateur de Prodrome. Occupons-nous d'abord du maître et du modèle.

Les Amours de Rhodanthe et Dosiclès ont été publiés pour la première fois par Gilbert Gaulmin[2], d'après la copie d'un manu-

[1] Et non pas en vers politiques, comme le dit, p. XVIII de son introduction, le traducteur de Théodore Prodrome. On ne peut pas dire non plus, avec M. Boissonade (préf. de son édition de Nicétas Eugenianus, p. VII), que ce soient des ïambes politiques; car le seul rapport qu'offrent ces vers avec les vers politiques, c'est qu'ils ont le plus souvent l'accent aigu sur la pénultième syllabe du vers, sans que cependant cet usage soit rigoureusement observé, puisqu'un grand nombre de vers offrent l'accent sur l'antépénultième et même sur la dernière. Du reste, ils suivent les lois de la prosodie ancienne, modifiée seulement en ce qui concerne les voyelles α, ι et υ, qui sont brèves ou longues à volonté, quelle que soit leur quantité dans les poëtes de l'époque classique. Voy. la dissertation de M. Struve *De legibus prosodicis et metricis quas seriores Græcorum iambographi secuti sunt*, insérée dans les *Miscellanea* de Friedmann et Seebod, t. II, p. 637-655.

[2] *Theodori Prodromi, philosophi, Rhodanthes et Dosiclis amorum libri IX, gr. et lat., interprete Gilb. Gaulmino, Molinensi. Parisiis.* 1625, pet. in-8°.

scrit de la bibliothèque Palatine, que Saumaise avait faite de sa propre main, et que, sur la demande de Peiresc[1], Barclay avait complété à l'aide d'un manuscrit du Vatican[2]. Le travail de Gaulmin fut exécuté avec une extrême précipitation; lui-même nous apprend que sa traduction latine ne lui coûta que sept jours. On peut en dire autant de la copie de Saumaise; en effet, le texte de Gaulmin, auquel cette copie servit de base, est d'une grande incorrection, et paraît souvent n'avoir été altéré que par la négligence du copiste. Il n'est pas jusqu'à Barclay qui ne mérite des reproches; car il est évident pour moi qu'il n'a pas même parcouru le manuscrit de la bibliothèque du Vatican où se trouve l'ouvrage en question, puisque avec le secours de ce livre il eût pu remplir toutes les lacunes, et notamment la plus considérable, qui se présente après le vers 88 du livre IV[3]. C'est ce dont j'ai pu me convaincre lors de mon séjour à Rome, en 1826. Il existe en effet dans la bibliothèque Vaticane un manuscrit complet du roman de Théodore[4], offrant le moyen de corriger toutes les mauvaises leçons, de remplir tous les vides de l'édition de Gaulmin. Si Barclay se fût seulement donné la peine de l'ouvrir dans plus d'un endroit, il ne lui serait resté aucun doute à cet égard, et Théodore Prodrome ne réclamerait pas une seconde édition.

[1] Gaulmin, dans sa préface et p. 540 de ses notes, l'appelle *Peirez;* mais c'est à tort. Voyez Gassendi. *Vie de Peiresc,* liv. I, p. 17.

[2] Voy. Gaulmin, aux passages cités; Fabricius, *Bibl. gr.*, V, 6, 10. t. VI, p. 800, et Gassendi, *Vie de Peiresc,* liv. III, p. 175, ann. 1619.

[3] P. 154 du texte de Gaulmin.

[4] Cod. vat. 121 bombycinus, sæculi XII const. fol. 104, forma quæ vulgo dicitur in-fol. Πίναξ.

1. Κλεομήδους κυκλικῆς θεωρίας βιβλία δύο. ἡ. ἀρ. Κόσμος ἐστὶ σύστημα. [τέλ. τὰ πολλὰ δὲ τῶν εἰρημένων ἐκ τοῦ Ποσειδωνίου εἴληπται. Cum scholiis margini appositis.] . f° 1.

2. Διονυσίου Ἀλεξανδρέως Κόσμου περιήγησις μετὰ σχολίων. ἡ ἀρ. Ἀρχόμενος γαῖάν τε καὶ εὐρέα. [τέλ. αὐτῶν ἐκ μεγάρων ἀντάξιος εἴη ἀμοιβή]. . . . . f°. 9.

3. Θεοδώρου τοῦ Προδρόμου τὸ κατὰ Ῥοδάνθην καὶ Διοκλέα [sic] ποίημα δι' ἰάμβων. ἡ ἀρ. Ἤδη τὸ τετράπολον. [τέλ. Ἔγνω Δοσικλῆ ἡ Ῥοδάνθη νυμφίον.] . . . . . f° 22.

4. Γεωργίου διακόνου καὶ ῥαιφερενδαρίου τοῦ Πισίδου στίχοι εἰς τὴν ἑξαήμερον. ἡ ἀρ. ὦ παντὸς ἔργου [τέλ. ὡς εἰ μεγα.... τοῦ θεοῦ τῶν κτισμάτων]. . . . . f° 29.

5. Ἡσιόδου ἔργα καὶ ἡμέραι, μετ' ἐξηγήσεως τοῦ Τζέτζου. ἡ ἀρ. Μοῦσαι πιερίηθεν [τέλ. ἀναίτιος ἀθανάτοισιν]. . . . . f 53.

6. Πινδάρου Ὀλύμπια καὶ Πύθια μετὰ σχολίων. ἡ ἀρ. ἄριστον μὲν ὕδωρ, ὁ δὲ χρυσός. [τέλ. τὸ μὲν δώσει τὸ δ' οὔπω]. . . . . f° 48.

7. Ἀράτου φαινόμενα μεθ' ἑρμηνείας. ἡ ἀρ. Ἐκ Διὸς ἀρχώμεθα. . . . f° 88-104.

Ce travail est devenu d'autant plus facile, qu'indépendamment du manuscrit dont je viens de parler, la bibliothèque du Vatican possède encore un manuscrit provenant de la bibliothèque des ducs d'Urbin [1], dans lequel le poëme de Théodore Prodrome est contenu, et dont Barclay ne peut avoir eu connaissance, puisque la bibliothèque d'Urbin, léguée au saint-siége, avec le duché de ce nom, en l'an 1626, n'a été réunie à la Vaticane qu'en 1657 par le pape Alexandre VII [2]. A l'aide de ces deux manuscrits et des corrections faites au texte imprimé par d'Orville dans ses notes sur Chariton, par M. Boissonade dans ses nombreux commentaires, et par d'autres critiques encore, on peut reconstituer le texte de Théodore Prodrome d'une manière satisfaisante, et l'augmenter de plus de cent cinquante vers; car la grande lacune dont nous avons parlé plus haut en contient à elle seule cent deux environ. Je n'indiquerai point ici les restitutions qui se bornent à un ou deux vers; car il faudrait pour cela passer en revue l'ouvrage tout entier, ce qui équivaudrait à en donner une seconde édition [3]; je me contenterai de transcrire les cent deux vers du IVe livre que j'ai retrouvés dans les deux manuscrits de Rome, parce que ce morceau a assez d'étendue pour que les érudits apprécient l'importance de ma découverte. Mais je dois préalablement dire que le traducteur français de Théodore Prodrome [4] avait essayé de remplir cette lacune [5] en s'aidant du reste de l'ouvrage, et en ayant soin de ne rien ajouter qui ne fût indiqué par ce qui précède et par ce qui suit. Cette restauration *ex ingenio* est fort heureuse, et pour que le lecteur puisse s'en convaincre, je crois devoir la donner ici avant le texte, après avoir indiqué en peu de mots les faits qui précèdent.

[1] Cod. Urb. 134 chartaceus; a Francopulo ut videre est, p. 96, descriptus et foliis 258 constans, in-4°. — Je me propose de donner un jour une notice de ce manuscrit, dont j'ai extrait plusieurs poésies érotiques inédites qui doivent être l'œuvre de Théodore Prodrome.

[2] Beschreibung der Stadt Rom. von E. Platner, C. Bunsen, Ed. Gerhard und W. Röstell. 2ter Band 2te Abth. p. 510.

[3] Une nouvelle édition des *Amours de Rhodanthe et Dosiclès* entreprise par moi depuis longtemps, paraîtra, je l'espère, avant la fin de l'année, avec de nombreuses additions inédites.

[4] Collection des romans grecs traduits en français par MM. Courier, Larcher et autres hellénistes, à Paris, chez Merlin, 1822-1827, 15 vol. in-32. La traduction de Théodore Prodrome forme le 13e.

[5] P. 64, lig. 17. — P. 67, lig. 13.

Les deux amants Rhodanthe et Dosiclès sont tombés au pouvoir d'une bande de pirates qui ont Mistyle pour chef. Celui-ci promet de les consacrer aux dieux; mais au moment où la cérémonie va commencer, arrive Artabane, satrape du roi Bryaxas. Il est porteur d'une lettre de son maître qui enjoint à Mistyle de lui restituer la ville de Rhamnus, dont il s'est emparé, le menaçant de toute sa colère, s'il n'obéit point à ses ordres. Mistyle, à la lecture de cette lettre, reste en proie à la crainte et à la fureur. Il ne peut proférer un seul mot.

« Enfin, craignant qu'un silence plus prolongé ne trahît son trouble, il se hâte de congédier Artaxane. « Envoyé de Bryaxas, lui dit-il, demain tu « recevras ma réponse au message de ton maître. Jusque-là le chef de mes « armées aura le soin de te faire rendre tous les honneurs dus à ton rang « et à l'ancienne amitié qui m'unit au roi de Pissa. » En même temps il donne quelques ordres secrets à Gobryas.

« Artaxane s'incline devant Mistyle et se retire, accompagné de Gobryas qui le conduit dans une salle magnifiquement ornée. Là était préparé un festin splendide. Les chefs des troupes, les satrapes les plus puissants avaient été invités. La vaisselle était toute d'or. Les vases d'une forme élégante brillaient parsemés des diamants et des pierreries les plus rares; mais de ces riches ornements ils recevaient moins de prix encore que du travail exquis dont la main du graveur les avait décorés. Tout répond à cet appareil de grandeur. Les mets les plus délicats sont prodigués, les vins les plus recherchés coulent avec profusion. Rien enfin n'a été oublié pour donner à Artaxane une haute opinion de la puissance de Mistyle.

« Fidèle aux instructions de son maître, Gobryas attaque peu à peu la raison de son hôte par de fréquentes libations et par mille récits merveilleux où il exalte le pouvoir plus qu'humain dont, selon lui, les dieux ont revêtu Mistyle. « A son gré, lui dit-il, Mistyle fait gronder la foudre, à son « gré il calme les vagues irritées. J'ai vu la tempête marcher à son secours « et détruire les flottes ennemies; j'ai vu la terre entr'ouvrir ses entrailles « pour engloutir les guerriers qu'il combattait. Ah! crois-moi, si ton maître « t'est cher, dissuade-le de rompre les liens qui l'attachent à Mistyle. Une « ruine certaine attend ses ennemis, et, forts de son alliance, ses amis n'ont « rien à redouter. » Pendant que par de tels discours il jetait la surprise dans l'âme d'Artaxane, un plat d'or est apporté; il est chargé d'un agneau rôti. Gobryas donne ordre qu'on le distribue aux convives. Le couteau ouvre le flanc de l'agneau; mais, ô surprise! de ses entrailles brûlées sortent des oiseaux vivants qui s'envolent en chantant leur délivrance. Un tel prodige saisit de terreur Artaxane. Il n'ose plus douter de la puissance de Mistyle, mais il ne peut croire qu'elle lui vienne des dieux. « Com-

« ment, dit-il à Gobryas, comment les dieux pourraient-ils accorder à un « mortel le pouvoir d'enfreindre les lois qu'ils ont créées eux-mêmes ? « Non, je ne pourrais sans crainte servir un maître qui ne rougirait pas « d'abuser de sa puissance pour tyranniser la nature et exiger d'elle des ef- « forts monstrueux et contraires à l'ordre établi par la sagesse des dieux. »

« Tu te trompes, lui répond Gobryas, ce que tu as vu n'est pas contraire « à la volonté des dieux. »

Voici maintenant le texte de cette lacune. J'y joins, pour l'intelligence de l'ensemble, les quatre vers qui précèdent et que l'on connaît déjà par l'édition de Gaulmin [1].

Καθῆστο γοῦν ἄναυδος εἰς πολὺν χρόνον
χροαῖς περιτταῖς τὴν θέαν ἠλλαγμένος,
καὶ ταῖς ἔσωθεν ψυχικαῖς κινήσεσιν,
καὶ τῇ περιττῇ τῶν παθῶν μετακλίσει
μορφούμενός πως καὶ συνεξηλλαγμένος,
καὶ δεῖγμα τῆς ἔσωθεν εἰς ψύχην ζάλης
τὴν ἐκτὸς εἰς πρόσωπον ἐμφαίνων ζάλην.
Αἰδούμενος μὲν τοὺς ἑαυτοῦ σατράπας,
φοβούμενος δὲ τοῦ Βρυάξου τὸ κράτος,
τὴν ὄψιν ἐστύγναζε, τὸν χροῦν ὠχρία
τοὔμπαλιν ἐντὸς συστολὴν πεπονθότα,
ὀχλούμενος δὲ καὶ θυμῷ πεφλεγμένος
ὅλος μέλας ἦν ἐμπαθῆ μελανίαν·
αἱ γὰρ χόλαπτοι καὶ θυμόφλεκτοι φλόγες
τὴν αἱματηρὰν οἷον ἐξώπτων φύσιν.
Τοσαῦτα πάσχων τηνικαῦτα Μιστύλος
ὅμως περισχὼν τὸν θυμὸν καὶ τὸν φόβον
καὶ κυριεύσας τῶν παθῶν ἑκατέρου,

[1] ***Variantes des deux manuscrits.***
89. **Urb.** μορφουμένος πως (sic).
94. **Urb.** τὸν νοῦν. — 95. **Urb.** πεπονθότος.
97. **Vat.** ἐμπαθεῖν.
98. **Vat.** χόλαποι.
99. **Vat.** ἐξήπτων.
100. **Urb. et Vat.** Μίστυλος.
102. **Vat.** ἑκατέρων. **Urb.** ἑκάτερον.

(ψυχὴν γὰρ εἶχεν ἀκλινῆ, στερεμνίαν,
τὰ πολλὰ κἂν ἔπασχε βάρβαρον πάθος,)
« τὸν μὲν Βρυάξου σατράπην Ἀρταξάνην, »
ἔφη, « λαβὼν σὺ, Γωβρύα, σὺ μὲν τέως
« φιλοφρόνησον καὶ μακροῦ μόχθου βάρος
« λῦσον τραπέζῃ καὶ καταστρώσει κλίνης·
« εἰσαύριον δὲ συλλαβὼν ἀντιγράφους,
« λαβὼν μετέλθοι πρὸς τὸν αὐτοῦ δεσπότην.
Ὁ μὲν τοσαῦτα φάμενος πρὸς Γωβρύαν,
σκυθρωπάσας μὲν, ἐξανέστη δ᾽οὖν τέως
τῶν ἐντὸς ἐντὸς εἰσδραμὼν ἀνακτόρων.
Ἀρταξάνην δὲ λαμβάνει μὲν Γωβρύας,
καθιζάνει δὲ σατραπικοῖς ἐν δόμοις
πρὸς τηλικούτων εἰσδοχὴν τεταγμένοις,
καὶ τοῖς ὑπ᾽ αὐτὸν ἐγκελεύει βαρβάροις
ἱστᾷν κρατῆρα καὶ τράπεζαν εἰσάγειν,
καὶ συγκαθεσθεὶς Γωβρύας Ἀρταξάνῃ,
ἐνετρύφων μὲν τοῖς τρυφαῖς οἱ σατράπαι,
ἐνετρύφων δὲ τοῖς κρατῆρσιν εἰς πλέον.
Ἦν οὖν τὸ δεῖπνον τῆς γλυκύτητος γέμον
καὶ πρὸς τὸ θαυμάσιον ἠτοιμασμένον·
προύκειτο μὲν γὰρ ὀπτὸς ἀρνὸς ἐν μέσῳ,
ἐπεὶ δὲ τοῦτον συλλαβὼν Ἀρταξάνης
ὥρμα διαιρεῖν καὶ διασπᾷν ὡς φάγοι,
προύκυπτον ἐκτὸς ἐκ μέσης τῆς γαστέρος

108. Vat. τραπέζης.
109. Urb. εἰς αὔριον.
110. Vat. μετέλθη, i. e. μετέλθῃ. Urb. μετέλθοι πρὸς αὐτὸν τὸν δ.
111. Urb. φάμενος τῷ Γωβρύᾳ ad marg. γρ. πρὸς Γ.
τέως
112. Urb. ὅμως (sic).
ἐντός
113. Urb. ἐντὸς αὐτός (sic)
οι
115. Urb. σατραπικῆς (sic).
119. A la marge du ms. Urb. on lit : δεῖπνον Γωβρύου πρὸς Ἀρταξάνην.
120. Lisez : τροφαῖς. La confusion de τρυφή et de τροφή est très-fréquente. Voyez M Boissonade sur Nic. Eug., I, 70; VI, 236; VII, 268 et sur Eunape, p 380.

στρουθοὶ νεογνοὶ καὶ πτέρυξιν ἠρμένοι
ὑπερπετῶντες τὴν κάραν τοῦ σατράπου.
Ἀρταξάνης οὖν ἦλθεν εἰς θάμβος μέγα·
τὸν Γωβρύαν δὲ λαμβάνει πλατὺς γέλως
ἐφ' οἷς τέθηπε τὴν θέαν Ἀρταξάνης·
μικρὸν δ' ἐπισχὼν τὸν πλατὺν τοῦτον γέλων,
« Ὁρᾷς, » ἔλεξε, « παμμέγιστε σατράπα,
« τοῦ δεσπότου μου τὴν δύναμιν Μιστύλου,
« ὡς ἐξαμείβειν ἰσχύει καὶ τὰς φύσεις,
« καιναῖς ἀμοιβαῖς καὶ τροπαῖς πολυτρόποις
« τρέπων ἕκαστα καὶ μεθιστῶν ὡς θέλει.
« Ὁρᾷς τὸν ἀρνὸν ὡς κυΐσκει στρουθία
« τῆς φύσεως μὲν ἀγνοήσας τὸν νόμον,
« ὡς πτηνὸν ὄρνιν πτηνὸς ὄρνις ἐκκύει,
« ὑπηρετῶν δὲ τῇ κελεύσει Μιστύλου
« ἀρνὸς πετεινὰ βλαστάνει τῶν ἐγκάτων.
« Τί δ'; οὐχὶ θαῦμα καὶ τὸ πῦρ φέρει μέγα,
« ὅπως τὸν ἀρνὸν ἀνθρακώσας, ὡς βλέπεις,
« ἔσωθεν ἐλθεῖν εὐλαβῶς ὑπεστάλη
« μή που λυμανθῇ τὸ πτερὸν τοῖς στρουθίοις;
« καὶ γὰρ τοσοῦτον καὶ τὸ πῦρ οἶδε φλέγειν
« ὅσον μόνοις βούλοιτο Μιστύλος φλέγειν·
« πλέον δὲ πιμπρᾶν τῆς φλογὸς δωρουμένης,
« ὅμως ἐκεῖθεν εὐλαβῶς ὑποστρέφει,
« οἷον δεδοικὸς μὴ κατὰ γνώμην φλέγοι
« ἃ τῷ βασιλεῖ μὴ κατὰ γνώμην φλέγειν.
« Ὁρᾷς, ἄριστε σατραπῶν, Ἀρταξάνη,
« τοῦ δεσπότου μου τοῦ μεγίστου τὸ κράτος,
« πῶς ἐξαμείβει καὶ τυραννεῖ τὰς φύσεις,
« ψυχρὰν δὲ ποιεῖ τοῦ πυρὸς τὴν οὐσίαν

129. Vat. ὑπερπετῶντο.
147. Vat. λυμανθέν.
149. Urb. omet ce vers. — Au lieu de μόνοις que donne Vat., peut-être faut-il lire μόνον.
153. Vat. ἢ τῷ βασιλεῖ.
156. Urb. τυραννοῖ.

« ψιλῇ κελεύσει καὶ θελήσεως μόνης·
« ὡς ἀρνοφυῆ δεικνύει τὰ στρουθία,
« ἀρνοὺς δὲ ποιεῖ στρουθοπάτορας ξένους,
« καὶ μήτραν ἀρτίφλεκτον, ἐξωπτημένην,
« βρεφῶν ἀκαύστων, ἐμβρύων καταπτέρων
« γεννήτριαν δείκνυσιν ἐκ μόνου λόγου,
« (ἃ φύσις οὐκ ἔγνωκεν οὐδέ τις λόγος,)
« πλάττων, παριστῶν τῇ τεραστίῳ πλάσει.
« Ἤ που κελεύσας, κἀν μέσαις τυχὼν μάχαις,
« καὶ στρατιώτας ἄνδρας, ἁδροὺς ὁπλίτας,
« σπάθαις σὺν αὐταῖς καὶ μετ' αὐτῶν ἀσπίδων
« γεννήτορας δείξειε πολλῶν σκυλάκων,
« καὶ γαστέρας θώραξιν ἠσφαλισμένας
« ἐγκυμονεῖν πείσειεν ἔμβρυα ξένα,
« ἕλκων, μεθέλκων τῇ θελήσει τὰς φύσεις. »
« Μή, μὴ πρὸς αὐτῆς τῆς τραπέζης, Γωβρύα, »
Ἀρταξάνης ἔλεξε, « μὴ πρὸς τοῦ πότου
« ᾧ με ξενίζει δαψιλῶς ὁ Μιστύλος
« ὁ πάντα ποίων καὶ μεθιστῶν, ὡς λέγεις,
« μὴ τὴν ἐμὴν γοῦν διερεύνῃ κοιλίαν
« ἡ τοῦ μεγάλου προσταγὴ βασιλέως
« ὡς ἐκτεκεῖν σκύλακας, αἴσχιστα βρέφη,
« μὴ τῶν γυναικῶν τὴν ἐπάρατον τύχην
« καὶ τοὺς ὑπαλγύνοντας ἐν τόκοις πόνους
« ἀνδρὶ στρατάρχῃ δυστυχῆ δώσοι χάριν.

159. Vat. ἀσκοφυῆ, leçon qui pourrait se défendre. J'ai préféré cependant ἀρνοφυῆ donné par Urb., à cause de l'antithèse qu'offrent les vers 159 et 160.

161. Urb. ἀντίφλεκτον. Vat., ἀρτίφλεκτον qui revient au vers 198.

162. Vat. γραφῶν ἀκάυστων.

166. Vat. κἂν. *Ibid.*, Vat. et Urb. τυχόν.

172. Vat. et Urb. θέλησει (sic).

175. Vat. ἅ με ξενίζει. *Ibid.* Μιστύλος.

177. Vat. διερεύνα. Les deux mss. placent κοιλίαν avant διερεύνῃ. J'ai changé l'ordre des mots pour avoir un ïambe au sixième pied. M. Dubner pense qu'il faut peut-être lire κοιλίαν διευρύνῃ. En adoptant cette ingénieuse conjecture on est dispensé d'intervertir l'ordre des mots.

182. Vat. δυστυχεῖ. *Ibid.*, Vat et Urb., δώσει.

« Ποῦ γὰρ παρ' ἡμῖν καὶ γάλακτος ἐκχύσεις,
« εἴ που δεήσει φυσικῷ πάντας λόγῳ
« γάλακτος ὀλκοῖς ἐκτραφῆναι τὰ βρέφη ;
« Ἄλλως δὲ καὶ πῶς τὴν τοσαύτην αἰσχύνην
« ἀνὴρ στρατάρχης καρτερήσειν ἰσχύσει
« ἐγκυμονῶν ἄθλιος ἄθλια βρέφη ; »
Πρὸς ταῦτα φησὶ Γωβρύας μεταφθάσας·
« Παῦσαι, μέγιστε σατράπης, 'Αρταξάνη,
« θεοὺς ἀτεχνῶς λοιδορῶν τοὺς ὀλβίους
« ὃς αἰσχύνην φὴς ἀῤῥένων οὐ μετρίαν
« τὸ μήτραν αὐτοὺς ἐμβρυοτρόφον φέρειν·
« εἴπερ κ. τ. λ.

« Il resta longtemps assis sans proférer une parole ; son visage changeait sans cesse de couleur, et tous les mouvements de son âme venaient s'y peindre tour à tour. La violence qu'il se fait pour renfermer les passions qui l'agitent, bouleverse ses traits et le rend méconnaissable ; l'orage qui se peint sur son front est la preuve de la tempête qui soulève son sein. Craignant ses satrapes, redoutant Bryaxas, sa physionomie s'altère, il éprouve un serrement de cœur et pâlit ; puis oppressé, enflammé de fureur, il se trouble, ses traits se rembrunissent et sa face semble noire ; car les émotions violentes qui remuaient sa bile et allumaient sa colère brûlaient, pour ainsi dire, tout ce qu'il y avait de sang dans son être. Telles étaient les sensations qu'éprouvait alors Mistyle. Toutefois il réprime son courroux, il maîtrise sa crainte (car il avait l'âme ferme et inébranlable, bien qu'elle eût été déjà soumise à plus d'une cruelle épreuve), et s'adressant à Gobryas : « Emmène, lui dit-il, le satrape de Bryaxas ; qu'Artaxane, par tes soins, « se repose sur un lit moelleux, auprès d'une table bien servie, des fa- « tigues d'un long voyage. Demain, il recevra ma réponse et la portera à « son maître. » A ces mots son front se rembrunit, il se lève vivement, et se retire au fond de sa demeure royale.

« Cependant Gobryas prend Artaxane par la main, l'introduit dans son palais disposé pour de semblables réceptions, et ordonne à ses serviteurs d'apporter un cratère et de dresser la table. Alors il s'assied près d'Ar-

183. Urb. τοῦ γάρ.

192. Ce vers se trouve dans l'édition de Gaulmin, mais immédiatement après le vers 87. Au lieu de οἷς qu'on trouve dans les deux mss, au commencement du vers, Gaulmin donne ὡς. Le sens réclamait ὃς que j'ai reçu dans le texte.

193. Manque dans Vat.

taxane, et les deux satrapes font honneur aux mets qu'on leur sert, plus d'honneur encore au vin qu'on leur verse. Or, il faut savoir que le repas était succulent, et fait pour inspirer la surprise. Au centre de la table était un agneau rôti : Artaxane le prend et veut le découper. Mais à peine a-t-il introduit le couteau, que des flancs de l'animal s'échappent de jeunes oiseaux qui, battant des ailes, viennent voler autour de la tête du satrape. A ce spectacle, Artaxane reste frappé d'étonnement; Gobryas, de son côté, ne peut s'empêcher de rire en voyant la stupéfaction de son convive. Ensuite, reprenant son sérieux : « Tu vois, lui dit-il, puissant satrape, quelle est la « puissance de Mistyle, mon maître; tu vois qu'il peut à son gré changer « la nature des êtres, et leur faire subir d'étranges métamorphoses, mille « transformations diverses. Tu vois comme cet agneau vient de mettre au « jour des volatiles. Par cet étrange enfantement, il méconnaît la loi de la « nature qui veut que d'un oiseau seulement puisse naître un oiseau, mais « il obéit aux ordres de Mistyle. Eh quoi! n'es-tu pas aussi frappé de la « puissance qu'exerce mon roi sur le feu? Comment se fait-il qu'après « avoir grillé cet agneau, comme tu le vois, la chaleur se soit abstenue « avec soin de pénétrer dans l'intérieur de l'animal, de peur d'endom- « mager les ailes des oiseaux? C'est que le feu ne brûle qu'autant que « Mistyle le permet, et bien qu'il lui soit donné de brûler plus avant, il « se détourne cependant avec soin de peur d'atteindre, sans le vouloir, « ce que le roi veut qu'il respecte. Tu vois, ô Artaxane, ô le plus brave « des satrapes, jusqu'où va la puissance du grand Mistyle, de mon maître; « tu vois comme il change, comme il maîtrise la nature, comme il re- « froidit l'essence du feu par une simple injonction, par le seul effet de sa « volonté; tu vois comment il fait que des oiseaux naissent des agneaux, « que les agneaux engendrent des oiseaux; qu'une matrice brûlée, rôtie, « enfante des petits que la flamme n'a pas atteints, des embryons ailés. « Et tous ces prodiges sont l'effet d'un mot de Mistyle; ces prodiges, que « la nature ne connaît pas, que la raison ne peut comprendre, artiste tout- « puissant, il les accomplit par sa volonté créatrice. Qu'il l'ordonne, et au « milieu des combats, des guerriers, des hoplites, l'épée en main, le bou- « clier au bras, donneraient le jour à de jeunes chiens, et de leurs ventres, « garnis de la cuirasse, sortiraient des êtres étranges : tant sa volonté « maîtrise et modifie la nature des êtres. »

« Par la table à laquelle Mistyle me reçoit, ô Gobryas, par le vin qu'il me « fait verser ici en abondance, je t'en conjure, s'écrie Artaxane, fais qu'un « ordre de ce grand roi ne condamne pas mon ventre à enfanter des « petits chiens, laide progéniture; que le sort affreux réservé aux femmes, « que les douleurs cruelles de l'enfantement ne deviennent pas le triste « partage d'un satrape. De quelle source ferais-je jaillir le lait; car, sui- « vant les lois naturelles, c'est en suçant le lait que se nourrissent les en- « fants nouveau-nés. D'ailleurs, comment un satrape pourrait-il résister « à la honte d'enfanter, malheureux, de malheureux enfants? »

« Cesse, se hâte de lui répondre Gobryas, cesse, Artaxane, noble satrape, « d'insulter les dieux immortels, en disant que ce serait une honte ex- « trême pour les hommes s'ils devenaient propres à l'enfantement. »

Assurément il n'y a rien dans ce fragment qui en rende la découverte bien précieuse ; mais lors même qu'il ne ferait que compléter un ouvrage médiocre qui forme un des derniers anneaux de la chaîne littéraire commençant à Homère, il aurait encore une certaine importance aux yeux des hommes qui pensent qu'on ne doit rien mépriser dans la littérature d'une nation, pas même les plus mauvais ouvrages, parceque ce sont autant de documents pour l'histoire de la philologie comparée, et ce qui a bien plus de prix encore, pour l'histoire de l'esprit humain. Je ferai d'ailleurs remarquer que ce fragment ajoute un certain nombre de mots nouveaux aux lexiques grecs : *συνεξαλλάττω*, v. 86 ; *χόλαπτος* et *θυμόφλεκτος*, v. 97 ; *ἀρνοφυής*, v. 159 ; *στρουθοπάτωρ*, v. 160 ; *ἀρτίφλεκτος* v. 161 ; *ἐμβρυοτρόφος*, v. 193.

Passons maintenant au poëme de Nicétas Eugenianus. On sait que M. Boissonade, pour l'édition qu'il a donnée de cet auteur [1], a eu à sa disposition deux manuscrits, l'un de Paris et l'autre de Venise, tous deux incomplets, mais se complétant l'un par l'autre, si ce n'est dans un certain nombre de passages, et particulièrement dans deux endroits, où les lacunes ont paru au savant éditeur devoir être assez considérables. Le premier se rencontre après le vers 463 du livre VI ; le second après le vers 169 du livre IX. Ces différents vides peuvent être comblés à l'aide du manuscrit Urbinate, dont j'ai eu occasion de parler plus haut. En effet, indépendamment de Théodore Prodrome et de beaucoup d'autres auteurs, ce manuscrit contient le poëme de Nicétas complet, et permet, non-seulement de remplir les lacunes en question, mais même de corriger le texte dans un grand nombre de passages, car il diffère essentiellement des deux autres, et tout porte à croire qu'il a été transcrit sur une seconde rédaction de l'auteur. La collation que j'en ai faite m'a été d'un grand secours pour la traduction de Nicétas Eugenianus dont je me suis chargé et qui doit faire

[1] *Nicetæ Eugeniani narrationem amatoriam et Constantini Manassis fragmenta edidit, vertit atque notis instruxit Jo. Fr. Boissonade.* Paris, 1819, 2 vol. in-12.

partie de la collection des romans grecs publiés par M. Merlin. A la suite de cette traduction, je me propose d'ajouter les variantes du manuscrit de Rome ; mais en attendant la publication de ce travail, qui ne peut être très-prochaine, je saisis l'occasion qui m'est offerte par le comité de publication de ce recueil, pour faire connaître, par deux exemples seulement, l'importance de ce nouvel élément de critique. Ces deux exemples seront les deux fragments qui comblent les grandes lacunes des livres VI et IX.

Dans le premier passage le jeune Callidème, pour fléchir le cœur de Drosilla, fait allusion à plusieurs histoires amoureuses, et notamment à celles de Héro et Léandre, de Polyphème et Galatée. Mais après le vers 462,

Ἡροῦς ἐρῶν Λέανδρος ὁ τλήμων πάλαι,

commence dans le manuscrit de Venise un vide de huit feuillets, et le manuscrit de Paris, qui s'était arrêté au vers 412, ne reprend qu'au second vers du récit relatif à Polyphème qui a été numéroté 463 par l'éditeur. Voici comment le manuscrit d'Urbin remplit cette lacune.

(462) Ἡροῦς ἐρῶν Λέανδρος ὁ τλήμων πάλαι
οἴμοι θαλασσόπνικτος εὑρέθη νέκυς.
Φεῦ τοῦ λύχνου σβεσθέντος ἐκ τῶν ἀνέμων !
Ἄβυδος οἶδε ταῦτα καὶ Σηστὸς πόλις.
Πλὴν ἀλλὰ καὶ θάλασσαν εὑρηκὼς τάφον
σύντυμβον αὐτὴν ἔσχε τὴν ἐρωμένην
ἐκ τείχεος ῥίψασαν αὐτὴν εἰς ὕδωρ·
οὓς γὰρ πόθος συνῆψεν εἰς συζυγίαν
τούτους ἐκεῖνος ἦξεν εἰς συντυμβίαν.
Δυστυχὲς ἦν ἐκεῖνο τέρμα τοῦ βίου
ὡς ὄλβιον κατ' ἄλλον εὑρέθη τρόπον·
συντυμβίαν γὰρ ἔσχεν ἰσοψυχία,
ἓν φίλτρον, ἓν νόημα σωμάτων δύο.
Ὦ πνεύματος σβέσαντος ἀκτίνας δύο!
Ἔσβεστο λύχνος, καὶ συνεσβέσθη πόθος.

Ω πνεύματος ῥίψαντος ἀστέρας δύο,
Ἡρώ τε καὶ Λέανδρον ἐν βυθῷ μέσῳ!
Ὑπέρχεταί μοι σπλάγχνα τῆς μνήμης πόνος,
φλογίζεταί μοι στέρνα πυρὶ τοῦ πάθους.
Οὕτω μὲν οὖν ἐκεῖνος. Ἀλλ' ἐγὼ τάλας,
οὐ νυκτομαχῶν οὐ θαλάσσῃ προσπλέων,
ἀποπνιγῆναι κινδυνεύω φιλτάτῃ,
ἐκ τῆς κατασχούσης με τοῦ πόθου ζάλης,
εἰ μὴ φθάσῃς σὺ δοῦσα δεξιὰν φίλην.
Σκόπει τὸ ῥεχθὲν, ἐννόει μοι τὸν πόθον.
Εὖ οἶδας ὡς γέννημα τοῦ πόθου πόνος.
Ἐμοὶ πύλας ἄνοιγε τῆς σῆς καρδίας,
καταστοροῦσα τὸν κλύδωνα τοῦ πόθου,
καὶ τὸν θαλασσόπλαγκτον ἤδη προσδέχου
σαῖς ἀγκάλαις δήπουθεν ὡς ἐν λιμένι.
πολὺ
Οὐκ ἀγνοεῖς γὰρ ὡς περίφημος πάλαι
(463) ἐρῶν ἐκείνης κ. τ. λ.

« L'infortuné Léandre, autrefois brûlant pour Héro, hélas! trouva la mort au sein de la mer profonde. Le vent avait éteint le fanal qui lui servait de guide. Ces malheurs sont connus d'Abydos et de Sestos. Mais si la mer fut son tombeau, ce tombeau fut partagé par celle qu'il adorait : oui, dans son désespoir, elle se précipita du haut des murs dans l'onde amère. Ainsi ceux que l'amour devait unir par les doux nœuds de l'hymen ne furent unis que par la mort. Une fin si malheureuse ne fut cependant pas sans bonheur. Ces deux corps qui n'avaient qu'une seule âme, un seul amour, une seule pensée, obtinrent une tombe commune. Ah! malheur au vent qui vint éteindre, à la fois, et la flamme du fanal, guide de l'amour, et la flamme de l'amour lui-même. Malheur au vent qui ensevelit dans les ondes Héro et Léandre, ces deux astres brillants! Au seul souvenir de cette triste aventure, mon cœur est embrasé de tous les feux de l'amour. Telle fut la fin de Léandre; mais moi, infortuné, je crains bien de mourir aussi pour celle que j'aime, non pas en luttant contre la nuit et contre les vagues, mais victime de la tempête que l'amour a soulevée dans mon sein. Oui, je mourrai si tu ne m'accordes ta main chérie. Vois ton ouvrage ; apprends jusqu'où va ma passion ; la douleur, tu le sais bien, est fille de l'amour. Ouvre-moi les portes de ton cœur ; apaise l'orage d'amour qui m'agite, et reçois un amant trop longtemps ballotté par les flots ; reçois-le dans tes bras comme dans un port propice. Tu le sais, autrefois le Cyclope finit par soumettre Galatée, cette vierge rebelle, qui le faisait mourir d'amour. »

Le second fragment contient le récit de la réception faite aux deux amants lorsque après bien des aventures, ils sont ramenés dans leur patrie [1] :

Πληθὺς δὲ πᾶσα Βαρζιτῶν κοινῷ δρόμῳ
ἐπεὶ τὸ συμβὰν ἐκ βοηδρόμων μάθοι,
ἐξῆλθοσαν χαίροντες οἰκείους δόμους
οἱ παῖδες, ἡ γραῦς, ὁ σφριγῶν, ἡ παρθένος,
μεῖραξ, γυνὴ, παῖς, ἁπαλὴ, καὶ πρεσβῦτις.
Πάντες προσεπτύσσοντο πυκνὰ τοῖς νέοις.
Ὁ θρῆνος ἠκόντιζε τὸν πολὺν κρότον,
ἡ χαρμονὴ δ' ἔκλινε τὴν θρηνῳδίαν,
οὕτω συνήλγουν καὶ συνεσκίρτων πάλιν
τοῖς πατράσι σφῶν πᾶσα κοινῶς ἡ πόλις.
Αὐτὸς δὲ Σφάτωρ τῇ Δροσίλλῃ παρθένῳ
ἀντεμπλακεὶς ὡς τέκνῳ προσωμίλει.
« Γάννυσθε παῖδες πρὸς γονεῖς σεσωσμένοι·
« διπλοῦς γὰρ ὑμεῖς εὐτυχεῖτε πατέρας
« ὡς αὖθις ἡμεῖς εὐτυχοῦμεν τεκνία.
« Ὡς δέξιον τὸ τέρμα τῆς ὑμῶν πλάνης,
« ὡς εὐτυχὴς ἡ λῆξις ἡ τῶν δακρύων !
« Σώζεσθε καὶ τηρεῖσθε πρὸς συζυγίαν,
« οὓς οἱ θεοὶ συνῆψαν ὡς νυμφοστόλοι.

[1] Les vers 1-4 se trouvent dans le manuscrit de Venise, le seul que M. Boissonade ait eu à sa disposition pour les livres VIII et IX, mais Urb. présente plusieurs variantes que j'ai cru devoir faire passer dans le texte comme donnant de meilleures leçons. Ainsi, v. 1, j'ai substitué κοινῷ δρόμῳ à καινῷ τρόπῳ qui ne donne pas un bon sens. Les adjectifs καινός et κοινός sont d'ailleurs, de même que les adverbes formés de ces adjectifs, très-fréquemment confondus dans les manuscrits. Voy. M. Boissonade, sur Tibérius, p. 38, et sur Nicétas Eugenianus, IX, 251. Au vers 3, j'ai préféré ἐξήλθοσαν χαίροντες à ἐξῆλθον εὖ λιπόντες ; et enfin au vers 4, les mots ἡ παρθένος ont remplacé ὁ qui donnait un μεσῆλιξ spondée au sixième pied; παρθένος d'ailleurs est opposé à γραῦς, de même que ὁ σφριγῶν forme antithèse avec οἱ παῖδες.

V. 15. Urb. οὓς αὖθις. J'ai remplacé οὓς par ὡς que le sens réclamait.

V. 16. Urb. τῆς ἡμῶν πλάνης, le sens demandait ὑμῶν.

Επεὶ δὲ μακροῖς τοῖς μετ' ἀλλήλων λόγοις
καὶ μέχρι νυκτὸς ἦσαν ἐσχολημένοι,
μνήσαντο δόρπου, καὶ καθίσας ὁ Γνάθων
αἰτεῖ παρ' αὐτῷ ὡς καθίσοι καὶ Σφάτωρ·
Σφάτωρ δὲ τοῖς Γνάθωνος ὑπείξας λόγοις
καὶ Μυρτίωνα συνθακεύειν ἠξίου·
ὁ Μυρτίων δὲ νυμφίον Χαρικλέα,
καὶ γοῦν Χαρικλῆς τὴν Δρόσιλλαν παρθένον.
Οἱ τρεῖς μὲν ἐκλίθησαν ἐξ εὐωνύμων,
ἐν δεξιοῖς δὲ προσφιλὴς συζυγία,
αὐτὸς Χαρικλῆς δηλαδὴ καὶ παρθένος,
ὃς οὐ μετρίας μέμψεως κατηξίου
ἀλλ' ὕϐρεων δὲ μᾶλλον καὶ τωθασμάτων
τὸν αἴτιον Γνάθωνα τῶν ξενισμάτων,
ὡς μὴ Δρόσιλλαν ἀπέναντι καθίσοι
τῶν ἐκτακέντων ἐξ ἔρωτος ὀμμάτων.

« Cependant la foule des Barzitains, dès que cette nouvelle est apportée dans la ville par les coureurs, les enfants, les vieilles femmes, les jeunes gens, les hommes entre deux âges, pleins de joie, s'élancent à l'envi hors de leurs demeures. Jeune fille, femme, enfant délicate, vieille accablée par l'âge, tous saluent avec empressement le jeune couple. De bruyants sanglots frappaient les airs; et la joie bientôt bannissait les gémissements, tant la ville entière partageait tour à tour la tristesse et la joie de leurs pères. Sphator [1], répondant aux caresses de Drosilla et la serrant dans ses bras, lui parle comme si elle était sa fille : « Réjouissez-vous, enfants, d'être rendus « à vos pères, car vous avez trouvé deux pères comme nous avons trouvé « deux enfants. Quel bonheur que le ciel ait mis un terme à votre course « errante ! quel bonheur qu'il ait fait cesser nos larmes ! C'est pour l'hymen « que vous avez été sauvés, que vous avez été conservés, vous que les dieux « eux-mêmes ont unis. » Après qu'ils se furent abandonnés jusqu'à la nuit aux longs épanchements d'un mutuel entretien, ils songèrent au repas, et Gnathon [2], ayant pris place, pria Sphator de s'asseoir près de lui. Spha-

V. 23. Urb., παρ' αὐτῶν. La correction παρ' αὐτῷ me paraît indispensable.

Les vers 34 à 35 se trouvent dans le manuscrit de Venise, et sont numérotés 17?-173 dans l'édition de M. Boissonade. Je les ai ajoutés au fragment pour compléter le sens du passage.

[1] Père de Chariclès appelé ailleurs Phrator, liv. III, vers 58.

[2] Nom d'un marchand qui avait ramené Drosilla et Chariclès dans leur patrie.

tor se rend à cette invitation qu'il adresse à son tour à Myrtion [1]; Myrtion la transmet au jeune fiancé, à Chariclès, et Chariclès à la chaste Drosilla. Les trois vieillards étaient couchés à gauche; à droite était l'aimable couple, Chariclès et sa jeune amante. Le jeune homme adressait des représentations peu modérées, ou plutôt de violents reproches et des railleries piquantes à Gnathon, chez qui se faisait le repas, parce qu'il n'avait pas fait asseoir Drosilla vis-à-vis de ses regards humides d'amour. »

Les deux fragments de Nicétas présentent un certain nombre de mots qui doivent augmenter, sinon enrichir, les lexiques grecs. Dans le premier : v. 1, *θαλασσόπνικτος* ; v. 6, *σύντυμβος*, qui a son correspondant dans le mot déjà connu *σύνταφος*; v. 9 et 12 *συντυμβία* ; dans le second : v. 25, *συνθακεύω*.

Ces deux morceaux, j'en conviens, n'ont rien de bien remarquable, mais ne sont pas plus mauvais que le reste de l'ouvrage ; et puisque Nicétas a trouvé un éditeur et même un traducteur, ce recueil peut, sans inconvénient, les faire connaître au public. Sans doute, j'aurais préféré retrouver un fragment inédit de Ménandre ou de quelque autre poëte comique ; à défaut d'une perle, je n'ai pas cru devoir dédaigner un modeste grain de millet, et je donne mes découvertes pour ce qu'elles valent. Courier les eût sans doute mieux fait valoir ; mais il n'est pas donné à tout le monde d'être aussi heureux et aussi habile que lui. Au moins ma découverte n'a causé de larmes à personne, et ne m'a exposé à aucune des accusations dont Paul-Louis, malgré tout son esprit, et bien qu'il ait su mettre les rieurs de son côté, n'est point parvenu à se laver.

[1] Père de Drosilla.

PH. LEBAS,

Membre de l'Académie des Inscriptions et Belles-Lettres.

www.ingramcontent.com/pod-product-compliance
Lightning Source LLC
LaVergne TN
LVHW052031160826
845678LV00003B/1275

* 9 7 8 2 3 2 9 6 2 3 3 1 3 *